청어詩人選 262

머물다 떠난 자리

유임종 시집

청어

머물다
떠난 자리

유임종 시집

시인의 말

생각을 시로 표현하고 싶다는 욕망에서 손을 올려놓고 머리로 자판을 두드려본다. 무엇을 어떻게 써야 할지 멍멍하다. 무기력하고 암담하여 가슴이 답답하다. 이왕 발을 들여놓은 이상 나름의 시집을 엮어본다.

언제나 산과 들, 강과 바다를 접하며 살았다. 어린 시절은 고향에서, 어른이 되어서는 직장에서, 세월이 지난 지금은 산골에서 농사도 짓고 바다에서 낚시를 즐긴다.

자연에 시를 접목시켜 인간의 내면을 꾸며보고 싶다. 틀에 얽매이지 아니하고 쓰다 보니 고전도 아니고 근대도 현대에도 아닌 엉클린 실타래처럼 혼잡스럽다.

방황하다 현실을 비틀어 꽉 깨물어 보아도 시어(詩語)는 숨어버리고 군더더기가 제자리를 떠나지 않는다. 이제는 무거운 마음을 내려놓고 겸손으로 돌아가서 시를 읽어주실 분들을 조용히 기다려본다.

막힘에서 시원시원
유임종

차례

제6부 마음의 산책

1부

어느 회고록

희망은 높은 곳에서, 참됨은 낮은 데서 찾아야 한다고
자식에게 늘 일러주시던 당신의 꽃상여가 떠나가던 날
차마 꺼내 보이지 못한
아린 내 아픔이 눈물겨운 사연으로 자꾸 되돌아온다

고향의 봄

고헌산 자락에 다소곳이 앉은
아늑한 양달 새마을이
날 품어 키워준 나의 고향이다

분홍코 고무신을 신은 새색시
시집을 오던 고갯길로
푸드덕 날던 꿩의 울음이
메아리가 되어 봄을 불러온다

비탈길 소발구엔 갈풀이 춤추고
보리논골 자운영 곱게 피니
산과 들에서 곱상한 아낙이
향기로운 입맛을 뿌리째 캔다

저녁노을에 타는 낯익은 봄이
낡은 사립문으로 들어서면
이리저리 날 찾던 울 어머니
속절없이 애간장을 태우다
내 이름 외자를 연기로 띄운다

내 고향

바람아
바람아
너 남촌으로 갈 때
나 좀 데리고 가자

구름아
구름아
너 남촌으로 갈 때
나 좀 데리고 가자

꽃 피고
새 우는
아린 내 고향으로
날 좀 데리고 가자

호미

시뻘건 불덩이 속에서
빨갛게 물든 쇠붙이
두드려 다듬고
담금질하여 빚어낸
어머니의 호미
그늘진 밭고랑에서
긴긴 하루해
고달픈 날들을 삼키며
끝이 다 닳도록
잡초와 싸우더니
주인은 어디 가고
텅 빈 헛간 구석에서
옛날을 움켜잡고
집 떠난 한심한 과객만
하염없이 불러대니
하늘에 계신 어머니가
내 마음 밭에서
호미로 김을 매고 간다

빈 집

모퉁이를 돌아서 모산 가는 길가
대밭에 숨어 지낸 작은 외딴집
주인대신 벼룩이 낯짝만한 마당이
햇살을 받으려 얼굴을 내민다

유별나게 새벽잠이 없는 참새 떼
유서 깊은 찌그러진 사립문을 지나
인사말을 조잘거리며 다음 대밭으로
날개를 서로 비비며 훌쩍 떠난다

인적이 끊인 댓돌에 기댄 지팡이
좀 늙었지만 곧잘 과객을 잡고
오래 전 혼자 살다 집 떠난 할멈을
본 적이 있느냐 꼬치꼬치 캐묻는다

하나둘 떠나보내고 홀로 된 빈 집
기구한 사연들을 털어놓으며
날더러 나처럼 살지 말라 하고
흔적을 지우며 서서히 무너진다

기제사

행여나 잊을까 봐
달력에다
또박또박 선명하게
새겨놓은
그날이 오늘이라
제상을 차려놓고
그냥 그대로 오시라고
착잡함을 감추고
시간만 기다린다

안개처럼 피는 향냄새
방 안에 가득하고
제상 위 액자 속에서
너그럽게 웃으시는
아버지의
주름진 모습에서
가물가물 촛불 두 형제가
눈물을 흘리며
나처럼 서럽게 흐느낀다

어머니

내 어머니 눈에는
평생 자식이 먼저 보이고
꽃은 나중에 보였다오
왜 그러하냐고
꽃보다 내 자식이
더 아름답기 때문이라오

내 어머니 가슴은
언제나 자식을 먼저 껴안고
자신의 욕망은 버렸다오
왜 그러하냐고
내 자식이 있어야 내가 있다고
믿었기 때문이라오

내 어머니 마음은
향상 너그럽고 인자하셨다
오로지 자신의 전부를
자식에게 걸었기 때문이라오
언제나 자식 뒤만 밟으며
미소 짓던 그 모습
지금 너무너무 보고 싶구나

어느 회고록

가난이 덕지덕지 달라붙은 땀에 젖은 무명 바지적삼
세파에 시달려 곪아터져도 하루도 그르지 않고
움튼 새싹이 마르지 않도록 물을 주시던
고고한 당신의 그 모습이 눈에 아른거린다

시도 때도 없이 불쑥불쑥 떠오르는 당신
훔쳐온 보석처럼 꼭꼭 숨겨둔 아들 딸
행여 다치지나 않을까 봐
애틋한 사랑의 끈을 붙잡고 한시라도 잊은 적이 없다 하오

희망은 높은 곳에서, 참됨은 낮은 데서 찾아야 한다고
자식에게 늘 일러주시던 당신의 꽃상여가 떠나가던 날
차마 꺼내 보이지 못한
아린 내 아픔이 눈물겨운 사연으로 자꾸 되돌아온다

그날로

내 어릴 적 응석이
아늑한 안방에서 튀어 나와
과거를 다 지운다 해도
당신 품에 놀던 그 시절을
그대로 되돌려 앉히고
언제든 그날로 돌아가리라

낡은 영화 속에서
내 어머니 같은 주인공이
지난 세월을 곱게 포장하여
굳게 닫힌 창문을 두드린다면
아무도 모르게 난
보랏빛 그날로 돌아가리라

까마득히 멀어진 그 옛날
그리운 그 모습
행여 돌아올지 모른다는
안타까운 기다림이 굳어져서
망부석이 되더라도
난 말없이 그날로 돌아가리라

그리움

뒤엉켜 어리광부리던 형제가
이불 끝자락을 감아 돌려
차지한 어머니 옆자리
그때엔 그렇게도 좋았을까

달아오른 눈부신 햇살에
부르터 갈라진 손 매만지며
넉넉하게 웃으시던 아버지
그 모습 그렇게도 좋았을까

과거를 처마 끝에 매어놓고
그 옛날 소망을 오라 하였건만
지금은 회한이 될 뿐
그리움은 내 안에서 맴돈다

동그라미

거실 벽에 걸린 그림 좋은 달력에다
할머니가 굵은 색연필로 쳐 놓은 동그라미
그 속에 들은 날짜는

할아버지 기재일까
그렇지 않으며 자식들에게 알리려고 표시한
할머니 생일일까
자식과 손자들의 생일도 아니고
윗대의 기재일도 아니라
우리 가족들은 모두가 헛다리 짚었다

외출에서 본연의 자리로 허겁지겁 돌아온
착한 며느리
"어머니 왜 제 생일날에 동그라미를 치셨나요?"
"어미야, 내 손자를 낳아준 네 공덕을 잊을까봐
내가 표시해 놓았지."

입춘대길

어제는 입춘이다
입춘대길 만사형통이 새 옷으로 갈아입었다
오늘은 설날이다
기해년 새 아침이 동창을 밀고 들어선다
차례상을 물리고 세배가 웃음을 뿌린다
정을 주니 우울증이 봄눈처럼 녹는다
늙은이 지갑은 맥없이 배고프다
한나절이 지나니 햇살이 처마 밑에 기어든다
동생과 함께 산소 길을 나선다
파란 하늘이 구름 속 낮달 같이 달아난다
양지 밭골 매화는 열병식을 하고
물가 버들강아지솜털은 간지럼을 피운다
먼 산, 높은 산엔 흰 눈이 보이고
덜 녹은 산길에는 진달래가 아우성이다
어머님 아버님께 정성 끝 술잔을 올린다
무심한 과거가 잠시 쉬어가면서
죄 많은 내 가슴팍을 마구 도려낸다
드디어 해가 서산에 걸린다
어쩐지 내일은 더 좋은 날이 올 것만 같다
나와 당신, 애들에게도 오래도록
언제나 입춘대길만 찾아오기를 빌어본다

해맞이

내 안에 품었던
해묵은 잡다한 상념을 비우고
새해의 희망을 찾아
새벽단잠을 찬물로 깨우고
동산기슭 문정암으로 오른다

하나둘 모여든
눈만 보이는 이웃사촌들
뿜은 입김의 고드름 달고서
차가운 계방산 마루 금을
뚫어지도록 깡그리 훑어간다

주황이 붉음으로 변할 때
보일 듯 말 듯 붉은 반점
막 솟는 태양을 보았다고
나는 소리친다
동그라미는 점점 커진다

다들 두 손 모아
꿈에서 가져온 소원을 빈다
돌아서는 내 마음에도
벌써부터 자식손자 모두 와서
햇살처럼 해맑게 웃고 있다

꽃 화분

그대가 잠든 침실 창가에
미래를 끌어다 심은
영혼이 깃든 우아한 백자화분
밤마다 어루만지며
긴 세월을 기다리고 있었노라

어머니를 닮은 떡잎 위에
연약한 속잎이 마주 보고 피더니
우연이란 꽃 한 송이
미소를 어슴푸레 머금고
염문을 뿌리며 곱게도 피었노라

한 폭의 고화 같은 그 자태에
호랑나비가 벌떼를 데리고 와서
휘몰이 한 판을 펼쳐놓는데
서로의 질투가 한계점을 찍으며
난 슬며시 자리를 비켜준다

아내의 심정

별자리를 헤아리던 백로를 밀어내고
절기가 가을을 부르니
여정이 날개를 펴고 애를 태운다

기둥 없이 바다를 허공에 올려놓은
유리알 같이 푸른 하늘에
그믐밤이 찾아와 세상이 먹통이다

열아홉 순정이 얽힌 바구니에다
숨는 별을 모두 따 담아
처마에 매달아놓으니 밤이 깊어진다

혼수로 가져온 비단치마 열두 폭에
수복강령의 수를 다 놓고 나니
닭 울음이 다시 하루 새벽을 알린다

먼동 터는 외진 골목길에 홀로 서서
그대 오기만을 애타게 기다리는
아내의 심정은 오늘따라 쓸쓸하구나

아들의 한

어머니는 하늘이 반만 보이고
하루해가 동지보다 짧은
배내골 내리진이 고향이다
외할아버지는 굴참나무를 베어
숯가마에 불 지피시며
한세월을 산속에서 보내셨다
학교 무턱도 못 가시고
하늘 밑 간월재를 오르내리며
등짐 숯을 팔았던 내 어머니

야지 능곡으로 이사하여
알뜰한 5대독자 아버지를 만나
딸 하나 아들 일곱을 나아셨다
고생 끝은 낙이라 하였건만
왜 그리도 박복한지
마흔둘에 이 세상을 떠나셨다
내 나이 반세기하고도
반에 반세기를 더 살았건만
잊은 적이라곤 없는 내 어머니

해 갈아 오실 날만을 기다리며
애태우는 어머니의 큰아들
이름이라도 한번 불러주신다면
여한을 무덤가에 묻고 살아가리다

행복아

낮익은 아침 햇살을 등지고
속 비운 오동나무 가지에 열려서
까치 한 쌍이 반갑게 운다

간밤에 무슨 꿈이라도 꾸었는지
여차하면 날아갈 듯
찾아온 행운을 잡어라고 짖어댄다

불쑥 튀어나온 행복의 한마디
행복은 네 마음에 숨겨져 있으니
실컷 가지고 가라고 일러준다

방금 행복 한 판이 내게 굴러왔다
행복아! 나와 함께
우리 집에서 오래오래 같이 살아보세

청산을 바라본다

눈치는 잃어버리고
귀띔은 아예 막아버리고
이래저래 수레바퀴처럼 막 굴러온
느슨하게 풀린 나사처럼 길들여진
저리고 시린 산골 인생살이

막 가는 하루가 지나고
지루한 사나흘을 버텨도
지나간 그날은 돌아오지 아니하고
아무도 들지 않은 녹슨 철 대문
그 앞에 서성이는 한 여인네

긴 여정을 혼~밥으로 지내면서
막장을 세월로 지킨 산골할멈
남편 자식 먼저 떠난 청산에 가려고
말문 닫아걸고 모질게 살더니
청상이 백발 되어 청산을 바라본다

효자손과 고사리손

아침 햇살이 스며드는
대밭에서 구해온 효자손
냉큼 벽걸이에서 낚아챈다

감당 못 할 가려움을
시원하게 마구 긁는데
손녀가 효자손을 밀친다

통통한 우리 꼬마 녀석의
고사리손이 야윈 내 등을
사정없이 마구 할퀸다

이내 내미는 작은 손에
아프다 말도 못한 채
나는 지폐를 올려야 했었다

애야, 너는 어이 그리 용케도
깡말라 납작해진 내 지갑의
속사정을 그리도 잘 아는가

멀쩡한 허우대

네 꼴이 그게 뭐냐!
세 살 먹은 어린애도 아니고
허구한 날 방구석에 처박혀서
요놈에 세상타령만 하니
꼴도 보기 싫다
어디 나가든지 썩 꺼져버려라!

세상 돌아가는 꼴이 말이 아니니
너 때문에
내 꼴도 이 모양, 요 꼴이지
이러다 사람 미치고 팔딱 뛰겠다!

에라! 나도 모르겠다
여보게들 아무데라도 좋으니 제발
허우대는 멀쩡하니
제 아들놈 취직 좀 시켜주시오

인연의 끈

제철은 지나지만
바람에 한들거리는
아직도 화려한 그대
무엇이 그리 아쉬웠는지
치맛자락을 날리며
열아홉 순정을
살며시 내게 안겨주고
떠나려고 했을까

배 떠난 부두
외로운 갈매기처럼
한때나마 나
그대를 기다렸다마는
법당에 앉은 부처를 닮아
이젠 그 마음 접고
인연의 끈을
잘라놓으려 하였다오

제2부

세월의 유감

천길 절벽 혼자가 될지라도
세월에 브레이크만 있다면
염치도 체면도 없이
나 혼자라도 꼭 밟을 것이다

봄바람

연분홍 치맛자락을 밟으며
추위를 딛고 방금 깨어난 봄바람
사리분별도 못한 채
간지럽게 웃으며 내 마음을 흔든다

수줍은 햇살만을 쓸어 모아
동산에다 꽃집을 차린 봄바람이
벌과 나비를 불러놓고
한바탕 맛깔스런 축제를 펼친다

아지랑이 정체를 잡으려고
향수 뿌리며 나풀거리는 봄바람이
좋다는 것은 다 골라
무엇이던 다 가진 것처럼 으스댄다

청명 날 깨를 말로 볶아
미지의 후각 속으로 빨려 든 봄바람
고소함엔 오금을 못 쓰고
날 보란 듯이 가슴을 열어 보인다

보고 싶어 몸부림치다가
첫사랑 함께 찾아온 수줍은 봄바람
미래의 욕망을 움켜잡고
이제 와서 늦바람 난 나를 유혹한다

봄비

빨아 널어 말린 마음의
덜 지워진 흔적들이
되살아날까 두려워서
햇살이 구름 속에 숨는다

남산을 헤집고 들어선
고삐 풀린 바람이
부지런히 먹구름을 날라다
부드러운 꽃비를 뿌린다

사랑이 쉬어 넘던 언덕에
봄비가 사랑을 틔우고
저마다 색깔을 펼쳐놓으니
먼 날의 설렘이 걸어온다

진달래

아직은 춥다고
그렇게 말렸건만
끝내 봉오리를 펴내고
남산을 덮는구나

수줍은 봄날이
너를 보듬어 안고
내게 달려와 염치없이
아양을 떨고 있다

아름다웠다만
어느 날 갑자기
미련 없이 나만 두고
무심히도 살아졌네

명자 꽃

아무도 눈치채지 못하게
찾아온 옛사랑
요염한 자태로 잎에 숨어
넋 나간 나를 기웃거리다가
어설픈 미소만 주고
끔뻑이는 부엉이 눈을 한다

둑 밑의 얄궂은 인연이
부끄러움도 잊은 채
내 삶의 화판을 망쳐놓고
뜨거운 입술을 달라
혜성처럼 설렘을 주더니
붉음만 칠해놓고 지나친다

봄과 여름

봄이 온다고
매화가 피었다 옹기종기 피려니
땅속에 있는 새움을 불러놓고
새아씨 치맛자락에 아른거리는
아지랑이를 붙잡아오라고
토라진 봄이 투정을 부린다

여름이 너무 덥다고
산새는 울었다 서럽게 울었다
바람이 파도를 타려고 벼랑을 돌아
축항 끝 등대에 멈추었다가
백사장 파라솔 밑으로 파고드니
비키니가 몸매를 고쳐 입는다

봄이 놀다간 자리에는
벌과 나비가 한가롭게 춤을 추고
여름이 지나친 자리에는
목이 쉰 매미가 울음을 그치고
갈팡질팡하는 묵은 계절이
두터웠던 나를 한 겹 벗기는구나

바람

불면 부는 대로 불다가
이리 저리 막힘없이 스치는 바람

들판을 지나 언덕너머로
구름처럼 정처 없이 누비며 간다

산굽이 물굽이 돌고 돌아
시도 때도 없이 마구 덮치는 바람

시원한 바다를 끌어안고
파도를 밀치며 아주 부서져 간다

신나게 다가와 내 가슴에
의미 있는 여운을 남기고 간 바람

사소한 사연은 덮어두고
무직하게 부는 바람이 되어다오

7월

나이테처럼 번지는 풀냄새
정지선을 잃은 채
이골 저골 막돌아 헤매다가
애꿎은 내 삶을 빨아
땡볕에 분주히 널어 말린다

아려오는 애밀레 긴 여운에
뻐꾸기 울음이 뒤엉켜
산자락 굽이를 뱅뱅 돌다가
구성진 뒷맛을 남기며
설익은 여름을 내려놓는다

막힌 가슴을 시원스레 열고
파도이랑을 타는 윈드서핑이
넉넉한 바다에 기댄 채
바람에게 서푼을 건네주고
7월을 챙겨 휴가를 떠나간다

영산 태백

6월 어느 청명한 날
가지에서 가지로 날며 따라오는
숲속의 휘파람새가
고요한 영혼을 흔들어 깨운다

등산객의 리본을 따라
명찰 단 주목의 마중을 받으며
백두대간 마루 금을 밟아
태백산 장군봉에 올라 멈춘다

발아래 보이는 것은
산과 산, 겹겹이 선과 선이
멀면 멀수록 푸름에서 검푸른
등고선이 차례로 그어진다

마음을 내려놓은 나
하늘 제단에 한잔 술을 올리니
만경사 불경소리가 동하여
세월의 흔적을 더듬어 읽는다

숲에 숨는다

앞서거니 뒤서거니
엄청난 질서 속의 무질서가
앞뒤 분간도 못한 채
누구의 은덕인지 말문을 연다

하늘과 땅 사이
한줌의 공기도 남기지 않고
다 들이마시고 난 삶이
바늘로 허파를 콕 찔러본다

한 알의 미세먼지
답답한 공기청정기를 통과하면서
들이키는 내 숨소리에 놀라
숲속으로 발걸음을 돌려 숨는다

연꽃의 사연

별들이 속삭이는 까만 연못에 핀
하얀 연꽃의 사연이
살금살금
내 뒤를 따라 들어와서
애틋한 어머니 소식이 담긴
하늘나라에서 보내온
엽서 한 장을
침실의 내 베개 밑에 놓고 간다

이슬

초원의 하현달 아래
날개옷 선녀와 춤추던
내 꿈을 깨워놓고
너는 어이
새벽바람 곱게 잠재우며
은근슬쩍 찾아오는가

풀잎마다 뿌려놓은
아롱다롱 맺힌 구슬
햇살 받아
한순간 반짝이더니
미련 없이 날 혼자 두고
어느새 사그라졌구나

주(朱)씨 삼형제

백두대간의 곁가지 백운산 두리봉
봄, 여름, 가을, 겨울 푸름 하나로
천년을 살아온 의좋은 주(朱)씨 삼형제

그 옛날 궁예의 관심법을 터득하여
이조피리에다 황진이 시 한 수를 읊으며
아직도 생생하게 불사조로 살아있다

영욕의 과거에 속을 붉게 태우며
험악한 태풍에 짓누르는 폭설에도
눈 깜빡 않고 초연하게 이겨낸 삼형제

맹수의 발톱에다 탄광의 틈바구니에서
몸통에서 뿌리까지 뽑아가는 도벌꾼을
따돌리고 아직도 당당히 살고 있다

근래 울타리도 치고 새 이름표도 달고
꽃들의 향연에 새들의 노래를 들으며
이웃과 함께 만년을 더 살겠다한다네

세월의 유감

방황하다 지워버린 과거
주워 담아 보려고
어처구니없게 내 현실을
비틀어 꽉 깨물어 본다

가지런히 다듬어 묶어놓은
멍게 맛 내 마음
군더더기 없이 정리하고
새 창문을 열어볼까 한다

천길 절벽 혼자가 될지라도
세월에 브레이크만 있다면
염치도 체면도 없이
나 혼자라도 꼭 밟을 것이다

눈

흐느적거리는 뿌예진 허공에
알알이 흩어져 날리다
가만가만 소록소록
광란의 무질서에서 차례차례
누리에 내려쌓인 너

천태만상의 구김살을 일일이
모두 하얗게 지우고
빈 도화지를 그대로 펼치니
가슴앓이 하는 수줍은 소녀의
속살을 쏙 빼닮았구나

생각의 무덤을 파내버리는
진국이 따로 있을까
고결 순진 진실만 가지고
언젠가 흔적 없이 사라질 넌
이차돈의 흰 피가 되리라

가을

무지개가 끌고 다니다가
배짱 좋게 내려놓은 계절이
귀청을 찢던 매미울음을
슬쩍 밀어내고
그 대신 밤마다 귀뚜라미가
청승맞게 울어댄다

바람이 가져가다 놓쳐버린
데굴데굴 구르는 노란 은행잎
텅 빈 내 안에다
향수 한줌 불어넣고
붉게 익은 가을 추억 하나를
툭 던지고 스쳐간다

가을 여행

그리움에 새긴 추억이
향기를 풍기는
완행열차 차창에 비친
수다쟁이 가을 여행이
꽃으로 활짝 핀다

도시를 멀리하고
파도를 말아서 밀치고
들판을 가로질러
계곡을 헤집고 나오니
시간이 계절을 부른다

가슴에 가득 채워진
행복을 잠시 내려놓으니
활활 타는 당골 단풍이
내 추억의 앨범에다
잔뜩 가을을 칠해놓는다

청옥산 가을

옥수는 바위틈을 돌아
풀숲으로 숨어서 흘러내리고
주홍산 주름치마폭을
야무지게 석양이 덧칠한다

산새가 나뭇가지를 꺾어서
내 발자국을 셈하며
폴짝폴짝 등 뒤를 따라온다

무릉계곡 너럭바위에 누워
잘 익은 가을하늘을 쳐다보고
푸른 호수에 마음을 적셔본다

오르다 주운 물푸레지팡이
하루 고달픈 길동무를 하다가
삼화사 법당 앞에 엎어져
날더러 업보를 내려놓아라 하네

홍시

바람이 뜯들인 홍시
아낙의 장대에 꽂혀다가
추위도 잊은 채
두툼한 가랑잎에 무너져
한줌의 냉기를 마셔본다

붉게 익은 달콤한 가을 맛
그대로 놓칠까 봐
날렵한 솜씨로
미친 듯이 너를 낚아챈
내 손이 시리고 아려온다

내 혀끝에 여운을 남긴 채
넋두리를 씹어도
말랑말랑한 홍시의 욕망은
봄을 기다려다가
새싹을 틔워보고 싶어 한다

겨울이 오려나

잎 진 끝가지에 매달린
마지막 한 알의 붉은 홍시
바람 부는 창공에다
배고픈 까마귀 불러 놓고
휘청거리며 마구 그네를 탄다

새털구름이 내려앉은
언덕 저편 호수에
기러기 떼 V자로 날아가고
빨간 담쟁이 이파리가
떨어지면서 가을을 밀어낸다

텅 빈 쭈그러진 봇짐에
갈잎 가득채운 나그네 심사는
잠시잠간을 못 참아
날짜 밑에 입동을 적어놓고
쓸쓸하게 북촌으로 떠나간다

상념의 바닥에 깔아둔
까맣게 탄 촌집 아래 목이
온기를 품고
내게 외투를 챙겨주니
아마도 겨울이 오려나 보다

겨울의 길목

홍주(紅酒)에 취한 가을
천지 분간도 못한 채
몹시 비틀거리다가
벼랑 끝에 떨어질까 봐
낙엽을 꼭 붙잡고
나를 쳐다보며
하소연을 늘어놓는다

어정쩡하게 멈춘 계절이
아쉬움을 남긴 채
외로운 구름을 따라
모질게 발길을 돌렸더니
차가운 눈발에 부딪쳐
다 벗은 겨울에다
하얀 새 옷을 입혀준다

제3부

사람 냄새

수레바퀴처럼 굴러 대대손손 물려받은
풍진세월이 그려진 병풍 안자락에서
희로애락의 사람 사는 냄새가 물씬 풍긴다

독백

복사꽃 피는 과수원에서
그대와 둘이서
속삭임이 묻어나는
인연 한잔을 하고 싶다

바다가 보이는 카페에서
그대와 둘이서
시원함이 스며드는
여름 한잔을 하고 싶다

단풍 지는 은행나무 밑에서
그대와 둘이서
색깔이 영글어 가고픈
가을 한잔을 하고 싶다

눈 덮인 외진 산장에서
그대와 둘이서
하트가 그려진 따끈한
사랑 한잔을 하고 싶다

과수원

팡파짐하게 얕은 골짜기
길을 가운데 두고
배와 복숭아가 편을 가른다

쌀쌀한 초봄이 지나서
백색과 엷은 분홍이
보름달 아래 경염을 토한다

대치한 청순과 화려함이
사랑에 목말라 치근거리며
야릇하게 내 마음을 흔든다

그대는

달콤하게 다가올 미래를
야무지게 부둥켜안고
물굽이 돌고 돌아서
갈대숲 외길로
미소를 머금고 떠나가는데
보고 싶은 그대는
안개 자욱한 새벽길을
미련 없이 헤집고
여백을 남기며 떠나가드라

기슭마다 무정을 뿌리며
뒷모습을 숨긴 채
산굽이 돌고 돌아서
굽은 오솔길로
이슬을 쓸고 스쳐가는데
화려한 그대는
과거를 들쳐 업고
뒤돌아보지도 않은 채
바쁜 걸음으로 떠나가드라

화려한 순정을 뒤적이며
속내를 감추고
얽히고설켜 돌아가는
화려한 꽃길로
잔잔한 설렘을 남긴 채
아름다운 그대는
바람 든 바람을 닮아서
화살처럼
나 혼자 두고 떠나가드라

나 그대를

화려한 꽃으로 피기에는
너무 늦은 지금이
언젠가 소중한 추억으로
다시 돌아올 때
메아리처럼 아려오는 여운을
깡그리 지우고
나 그대를 고이 보내오리라

만나면 헤어진다는 인연
내칠 수가 없어
기억 한구석에 숨겨두고
가슴 조이어 올 때
가만히 열어보는 안타까움이
사라지는 날까지
나 그대를 기다리고 있으리라

가물가물 멀리 떨어져
미처 그리움을 감당 못한 채
분홍빛 추억이 되어
내 전부를 뒤집어 놓을 때
마지막 방황을 끝내고
깨를 볶으며
나 그대를 다시 불러오리라

나 그대에게

사막의 그믐밤 외줄기 불빛이 되고 싶어
나 그대에게
애원한다 믿어달라 마음을 토했더니
가슴이 날 보고 부질없다 크게 꾸짖는다

절벽 위에 홀로 선 맹인의 길잡이가 되고 싶어
나 그대에게
그립다 보고 싶다 간절하게 빌었더니
마음이 날 보고 실없다 그만두라 소리친다

매서운 겨울 날 따뜻한 아랫목이 되고 싶어
나 그대에게
좋아하니 알아달라 애절하게 부탁하니
사랑이 날더러 정일랑 주지 말라 애원한다

가슴도 마음도 사랑도 내 안에 다 있건만
그대는 왜 날 두고
이래저래 속 보이는 말만 하는가
세상 좁게만 보지 말고 넓게 한번 살아보세

오늘

그날, 그날의
하루는 지나가고
오늘이 없는 것처럼
그렇게 살아왔다

지금이 오늘이고
오늘은 아침마다 오니
오늘이란 오늘에서
내일을 예약해본다

나의 달은

내 마음 거울에 아롱이는 초승달
진종일 숨어서 지내다가
어두움이 드리우니 서산에 잠이 든다

소나무가지에 걸린 둥근 보름달
개수나무에 토끼를 매달고
밤새 노 저어 은하수를 건너간다

꿈에서 옆구리를 파 먹힌 하현달
닭 울음에 정신을 차리고
뜨는 햇살에 젖은 나를 늘어 말린다

내 친구

너와 나 사이를 두고
둘도 없는 친구라고도 하고
다르게는 '절친'이라 말하지

찌는 여름날에는
시원한 그늘이나 바람으로
차가운 겨울이면 늘
따뜻한 아랫목이 되었지

바람 부는 날에는
단단하고 높은 담벼락으로
비 오는 날에는
장화나 우산이 되었지

네가 화려한 꽃으로 필 때면
난 한 마리 나비가 되어
네 주위를 영원히 배회하리라

머물다 떠난 자리

알맹이 없는 까칠한 껍데기
내 마음의 밭뙈기에 심었더니
갈망의 새싹은 아니 돋고
웬 쭉정이만 민낯을 내민다

사랑은 기별 없이 왔다 가고
구름이 머물러야 비가 오나니
나그네 갈 길은 멀어도
주막의 술맛은 예전과 같구려

밤이 지나면 새벽이 오고
꽃은 바람 없이 향기를 피우니
당신이 머물다 떠난 자리에는
언제나 미래의 희망 열려있네

무지개

바람이 구름을 끌고 다니다가
쥐어짠 소나기 끝에
무지개가 호수에 발을 담근다

어젯밤 꿈에서 선명하게 본
일곱 색깔의 실타래
빗살에 젖어 햇살에 말려본다

빨, 주, 노, 초, 보, 남, 파
옛날에 불러보던 그대 이름이
내게 아련한 추억으로 남는다

바다와 항구

헤밍웨이의 생각을 빌린 바다
희망을 안아다 주는 그대가
계절을 잊은 채 물길을 가른다

고독하지만 가슴 터지는 바다
늘 육지가 그립다는 그대가
갈매기노래를 그물에 담는다

통째로 바람에 출렁이는 바다
시원함을 읊어대는 그대가
애태우며 등대불만 찾고 있다

오늘따라 더 넓고 깊은 바다
장엄하고 신비로운 그대가
사랑이 머문 항구를 불러온다

벗님네들

여보시게, 벗님네들!
우리들의 젊은 날
높은 산에 올라
하늘의 반쪽을 뚝 잘라
구름에 묻어놓고
서로 잘났다고 우기던
그 모습 눈에 선하다

가물가물 색소폰 울음
바람 업고 실버타운 가는
길고 긴 여정
끈끈한 우정으로 맺어진
무수한 그날들이
이젠 저물어가는 노을처럼
점점 익숙해 가고 있다

시들지 아니하려고
벌써 한물간 청춘에 매달려
발버둥 쳐본들
꼬부라져가는 현실은
돌이킬 수 없는 과거임에
사랑과 우정이 출출하면
폰으로 안부를 전할까 한다

사람 냄새

화첩에서 주워 담은 늙은 학과 거북이
천년을 더 살겠다고 아옹다옹하는 사이
사람 사는 냄새가 병풍을 뱅뱅 돌고 있다

차디찬 한 겨울을 벗은 몸으로 버티어
눈 섞인 양달 아래편에 핀 매화
봄소식을 전하느라 이래저래 넋이 빠졌다

아흔아홉 간 대청마루에서 먹을 갈아
가냘프게 난을 치는 규수의 매무새가
예리한 칼날로 자른 무 속 같이 너무 희다

가을이 짐을 챙겨 떠나려는 언덕배기
빛깔 잃은 외로운 영혼의 무덤 앞에
하얀 국화 한 단발 바들바들 떨고 있다

작은 마을 둘러싼 어둡고 추운 대밭
하얀 눈에 짓눌려도 곧은 의지만으로
휘어질망정 꺾이지 않는 정절을 보인다

수레바퀴처럼 굴러 대대손손 물려받은
풍진 세월이 그려진 병풍 안자락에서
희로애락의 사람 사는 냄새가 물씬 풍긴다

사막의 사랑

지평선만 보이는 사막에서
긴 그림자를 남기며
동 트는 햇살이 눕는다

연인은 서로 등을 붙인다
여인은 그 자리에 부처가 되고
남자는 마라토너가 되어
혼신을 다하여 직선을 달린다

밤낮 하루가 무심코 지난다
같은 시간 같은 장소에서
남자는 여인의 영혼을 꿰차고
마음을 숨기며 여전히 달린다

지평선이 보이는 사막에서
긴 그림자가 다시 누우니
사막의 사랑도 따라 눕는구나

사랑

사랑은
무조건 주는 것이라 하기에
어제도 그제도
그대에게 몽땅 다 주고
나 맨몸으로
오들오들 떨고 있다오

사랑은
젖은 눈을 좋아한다기에
이슬 맺힌 내 눈은
어제도 오늘도
쪽문은 닫아걸고
말없이 흐느끼고 있다오

사랑은
눈곱만큼도 남기지 아니하고
다 태워야 한다기에
나 속마음까지 다 벗어
타는 불길에 던졌더니
연기대신 연정만 피어오른다

아직은 청춘

가슴에 묻어둔 아름다운 설렘이
가까이로 다가올 때
인연의 끄나풀은 연이어 이어진다

직장에 매달은 싱그러운 청춘이
눈부신 햇살을 받으며
해성처럼 미래를 향하여 달려온다

예사롭지 않게 여기던 욕망들이
샘물처럼 솟아
비좁던 내 마음을 마구 일깨워준다

바위에 부딪치는 파도가 될지라도
내게는 아직은
용광로 같은 청춘이 그대로 있다네

손님

소소하게 부는
가을바람에
하트 단풍잎 하나가
여울에 떨어져
한 척의 배가 되어
간들간들 흘러간다

아직 붉음이
덜 지워진 채
석양에 아울러져
빛을 발하는 배
늙은 메뚜기
한 마리만 타고 있네

우정

굳은비 내리는 늦은 오후
생각나는 후진 주막의 막걸리처럼
무직한 고목의 연륜을 우려낸다

현재는 지나면 과거가 되겠지만
허물을 세월에다 팔아먹고
원초적 민낯으로 우정을 그린다

오래된 친구냄새가 물씬 풍기는
그대가 허전한 내 가슴에다
순수하고 따뜻한 모닥불을 지핀다

우정은 멀리 있어도 가까이 있어도
언제나 포근하게 감싸주는
그믐 밤 산길 등불 같은 존재로다

우체통

파란 철 대문 가장자리
네모난 빨간 연락 통
예약한 그대는 언제 올지
오늘따라 자꾸만 눈길이 간다

게으름을 피울 줄 모르는
오토바이 소리가 온다
이내 달그락 쇳소리가 나고
하얀 사각봉투가 꽂힌다

가만있지 못한 궁금증이
슬리퍼를 끌고나가
얼른 뚜껑을 열어보니
그대가 날 기다리고 있었더라

연민

조용히 눈을 감는다
앞이 잘 보이지 않는다
가까이도 멀리도

그래도 가야만 한다
징검다리를 건너서
그대가 기다리는 곳으로

기어이 가야만 한다
엮어둔 인연의 뒷모습을
놓치지 않으려고

감은 눈을 뜬다
나 연민의 깊이와 무게를
느껴보기 위해서다

제4부

욕망의 늪

그대의 영혼을 마중하려고
쓸쓸한 미소로 낙엽을 밟으며
가시밭길을 헤쳐 왔건만
아직도 갈 길은 구만 리 같구나

연정

내 가슴 깊숙이 숨겨두었던
솟아오르는 마음의 불덩이

내 안에 있을 때는 몰라도
떠나고 나면 애타는 그리움

다가가면 갈수록 멀어지는
욕심나는 괴상한 요물단지

애수(哀愁)

그냥 황홀한 유혹에 빠져
허우적거리는 사이
너와 나는 담쟁이덩굴로 얽혔지

활활 타는 불길 속에서
쌓아온 정분 때문에
너와 나는 두려움을 잊고 지냈지

사막의 달밤에 낙타를 타고
오아시스를 찾아서
너와 나는 신기루처럼 헤맸지

지금 그늘진 언덕에 선 너
밤마다 쓸쓸한 내 침실에다
하나둘 낙엽을 떨구고 돌아갔었지

욕망 하나

기억에 머뭇거리다
너의 가슴 안에 숨겨둔
내 욕망 하나가
걸어 나와 갈림길에서
아픈 지난날의
그림자를 지우며
미래를 보듬고 찾아온다

순간에서

이대로 그냥 떠나기 싫은
안타까운 이 순간이
시간을 붙잡고 애원한다면
보고픈 상상이 다가와
눈시울을 적시며 안아준다

미련을 숨겨두고 사라지는
얄밉게 멈춘 순간이
아쉬운 발걸음을 재촉하며
얼마 남지 않은 여백에다
꽃잎을 따서 가득 채운다

세월을 밀어내고 허덕이는
안갯속의 한 순간이
호수의 물결처럼 살랑이다
아무도 모르게 내게
미래 하나를 던져주고 간다

애원

비좁은 내 안에 들어앉아
야금야금 내 사랑을
다 깔아먹고 떠나지 않으려고
옷고름을 풀어헤치던
그대가 눈에 아른거린다

그때 그대 가슴에 묻어놓은
내 마음을 돌려달라고
달그림자를 밟으며 애원해지만
이젠 반도 줄 수 없다면
어디론지 꼭꼭 숨어버렸구나

창공을 날다

수증기에 가려진 알몸
찌들어 붙은 마음의 속 때를
지우려고 탕으로 든다

사색의 자물쇠를 풀고
속속들이 문질러 벗겨내니
개운함이 시원섭섭하다

정갈하게 헹군 육신
거울에 제 모습 비춰보고
파란 창공으로 날아간다

희망의 바다

황금에 눈이 먼 마젤란은
열정을 쏟아 희망봉을 돌았고
산타마리아호에 오른 콜럼버스는
욕심에다 운명을 걸었다

망망 창창 출렁이는 대해
하얀 파도가 뱃전에 부딪칠 때면
오대양을 누비는 사나이는
마도로스파이프에 꿈을 실었다

하루하루 일출과 석양이 반복되는
수평선 위에 찍힌 까만 점 하나
항구에 두고 온 풋정을 감싸 안고
매섭게 고래 등을 후려친다

숨겨둔 낭만에 희망이 맺어지니
바다, 그대는 오늘도 내일도
내 어머니처럼 인자하고 넉넉하게
지구의 살림살이를 끌어가고 있다

허수아비

허상을 망막에 그려놓고
바람에 소맷자락을 흔드는
철이 좀 덜 든 미숙아

여자 저고리에 남자바지
뼈만 남은 볼품없는 몸매로
홀로 선 황야의 무법자

배고파 날아든 새 떼를
육신을 흔들어서 쫓아보는
낡은 밀짚모자 사나이

쭉정이만 남은 겨울날
와들와들 떨고 있는 네 모습
나를 어이 그리도 닮았는가

거미와 쇠파리

오래전 발자국 소리가 멈추고
전설이 숨어서 옛날을 그리워하는
적막이 깊게 잠든 늙은 촌집
갖은 세파에 살이 허물어지고
뼈대만 앙상한 처마 사이
주인대신 빈 곳간을 지키던
굶주린 왕거미 한 마리
꼭두새벽부터 바쁘게 오르내리며
씨줄 날줄을 꼼꼼히 손질한다

헛배가 볼록 나온 초병
그물 한가운데에 매달린 채
거센 바람에도
죽은 척하며 꿈쩍하지 않더니
해가 중천에 박힐 무렵
쇠파리 한 마리가
운수 사납게 걸려들었다

둘은 한바탕 전쟁을 치른다
필사적으로 발버둥 쳐 보다가
스스로 쇠파리는

파리 목숨인걸 깨닫고
그제야 몸을 내어준다
거미는 속만 쏙 빼먹고
빈 껍질만 그물에 매달아놓는다

대박 영업실적

초원에 아담한 미소공장을 지었다

매일 신제품이 쏟아지고
백화점에서 구멍가게는 물론이고
지구 구석구석까지 수출하니
그야말로 영업실적이 대박 났다

사람마다 느낌이 다르고
모양새에 맞추어 음색이 다르니
맛과 향에 따라 표정도 달라져
누리에 즐거움이 축제처럼 번졌다

가끔 깔깔 웃음을 덤으로 섞어 팔아
부(富)가 넘쳐서 바다를 이루니
어느덧 난 웃음 때문에
세계적인 미소재벌이 되어 있었더라

달팽이

하늘 반쪽을 차지한 먹구름
네 머리 위에서 잠시 머물다가
빗살로 땅을 내려친다

반신욕을 즐기던 달팽이
나이테를 닮은 우산을 쓰고
바위틈에 새 길을 만든다

깜짝 지나치는 돌개바람에
그만, 여울에 떨어진 달팽이
웅크린 채 열불을 토하다

원~참
하루 천기도 못 보는 주제에
지금 네 꼴이 딱 김삿갓이네

비운의 토끼

잽싸게 날아가다 멈춘
매의 눈동자
푸른 초원에 초점을 꽂는다

티 하나 없는 파란 하늘
뱅뱅 돌다가
정지한 박제품이 전파를 쏜다

많이 해 본 솜씨로
두 발 모으고
지상에 수직으로 낙하한다

앳된 가여운 산토끼
숨을 곳을 찾아가
그만 풀숲에다 납작 엎드린다
앗! 불사
매의 발톱에 채여 난생 처음
날아보는 기분도 잠시뿐

그 누군들 알았을까
그대로 잘 생긴 바위틈에서
토끼는 일생을 잠재운다

월척의 꿈

상처받아 찢어진 모래톱
비린내가 밀려오는 바닷가
태공은 찬찬히 짐을 푼다

욕망에다 월척을 새겨두고
파고에 초점을 맞춘 망부석
짜릿한 손맛을 상상한다

고래가 잡히기를 기다리다
그대로 돌아설 때는 늘
바다 혼자만 쓸쓸히 남았지

욕망의 늪

그대의 사랑을 차지하려고
마음에도 없는 허세를 부리며
아지랑이를 불러들였지만
아직도 차디찬 겨울이구나

그대의 마음을 가져보려고
여름 땡볕에 그늘을 마다하고
아스팔트 숨소리를 들었건만
아직도 험난한 사막이구나

그대의 영혼을 마중하려고
쓸쓸한 미소로 낙엽을 밟으며
가시밭길을 헤쳐 왔건만
아직도 갈 길은 구만 리 같구나

장미의 미소

이맘때면 어김없이
초여름의 긴 햇살에 익은
가슴 설레는 한 송이 노여움이
나의 그림자를 밟고서
얄밉게 살금살금 따라나선다

하루해가 기울어질 무렵
서산에 올라탄 동그라미 하나
이제 막 잠자리를 찾아
아쉬운 열정을 남김없이 태우려
내게 붉음을 펼쳐 보인다

선혈이 아롱이는 호수에 비친
순정에 뒤엉킨 네 영혼이
몸도 마음도 옷자락까지도
아주 통째로 붉게 물들여놓고
내 전부를 가지려고 미소 짓는다

욕망의 거품

한강이 내 것이라 해 본들
가져갈 것이라곤 없고
둔치를 걸어도 강물에 실린
꽃다운 세월만 아까울 뿐이다

서울이 내 것이라 해 본들
쥐어볼 이것라곤 없고
성냥갑 같은 아파트 한 칸
내 누울 자리가 고작일 뿐이다

여기가 내 조국이라 해 본들
내 마음대로는 없고
태극기와 촛불이 마주 붙어
아우성치며 제 갈 길만 막는다

지구가 내 것이라 해 본들
친구도 이웃도 없고
어깨는 무겁고 허리는 휘어져
곳곳이 와르르 무너질 뿐이로다

할 수 없는 것들

오다가다 어쩌다가 엮인 인연
안갯속에서 앞뒤 분간도 못한 채
얄궂은 내 마음에 덫을 놓고
알맹이만 다 발라먹을 심사로
철딱서니 없이 비아냥거리는 그대에게
보따리 풀고 시시비비 따져본들
바퀴 빠진 수레처럼 꼼짝달싹 안는다

언제부터인지 내 안에 들어앉아
미운 정 고운 정 촘촘히 심어놓고
떡잎부터 야금야금 갈아먹더니
풍선처럼 잔뜩 허파에 바람이 들어
본 척도 아니하고 떠나려는 그대에게
내 속을 꺼내 보일 수 없으니
꼬리 문 수심만 바다처럼 깊어간다

애시당초 가려면 그대로 가든지
내가 쌓아놓은 정까지 허물고 가려나
번개처럼 왔다가는 인생이라
모래같이 많은 날에 자갈같이 놀다가
뿌린 씨앗 거두고나 가시던지
잠시잠간 동행자가 눈 흘긴들 무엇 하나
마음은 자유이라 어쩔 수도 없는구나

아침

먼동이 단장을 한다
환상의 동산에 새벽이 열린다

새아침이 밟아온다
보랏빛 미래가 빤히 보인다

햇살이 길게 눕는다
누리가 온통 희망의 대지로다

그늘

적도에서 밀려온
말라 시들고 축 늘어진 답답한
어느 여름 날
북극을 반쯤 녹여 마시고도
푹푹 찌는 삼복엔 달콤 시원하게
찾아가는 천하의 명당자리

늘 친구 같은 멍석 위에
귀 터진 모시이불을 끌어당겨
매미소리 자장가 삼아
거침없이 무아지경에 빠져들어
꿈속을 헤매다가도
냉큼 놀이 한 판만을 벌이는 자리

알몸으로 빨려들어
바람 부는 구름 속을 헤맨다 한들
시원함은 너만 못하니
나 오늘 이대로 너를 만나
따끔한 칠월의 땡볕을 불러들여
여름 한 뙈기를 팔고 가리다

좋은걸 어떡해

하품이 입가를 떠나지 않는 5월
해가 중천인데 후진 카페에서
오랜만에 반가운 손님이 나를 부른다
엉거주춤 급하게 주워 입은 낡은 홀태바지
속 깊은 답답한 호주머니 속에서
시도 때도 없이 카톡이 연속으로 짖어댄다
끈덕지게 물고 늘어지는 궁금증에 시달리다
넋 나간 사람처럼 미적거리다가
마지못해 귀찮은 얼굴로 슬쩍 열어본다
그룹에 묶인 이 친구 저 친구 어린 친구까지
어제 보고 금방 보고 또 보고 싶은지
그새를 못 참고 허풍을 떨며 불러 모은다
늘그막에 자식 걱정 말고 부디 건강 조심하여
오늘도 내일도 모래도 무진장 행복하라고
어느 명언을 그대로 베끼어 보낸다
무조건 고맙고 또 고맙고 네 말이 옳다며
별 수 없이 매번 쓰던 말을 그대로 답한다
기다리는 손님보다 카톡 친구가 먼저라
요상하게 생긴 작은 요놈이 철천지원수 같다
혼자 중얼거리다 은근슬쩍 닫아버린다
10분도 안되어 또다시 염치를 팽개치고

손님 앞에서 태연하게 벨소리는 재연된다
이럴 수도 저럴 수도 없어 쩔쩔매다
손님의 명령에 돌아서서 낮은 소리를 깔아본다
그래도 난 너희들이 있어 좋은걸 어떡하지

매무새 고운 청상이 백발 되어
마루에 맺힌 봉우리로 가던 날
나를 세상 밖으로 밀어낸다

무대(舞臺)

먹칠한 공간이
빛발을 받아낸다
온갖 세상이 다 열려
관객의 가슴팍은
파르르 떨고 있다

달콤한 사랑은
비정으로 돌아 눕고
황당한 인간의 삶을
구구절절 요상한 셈으로
꼬인 그림만 그린다

차고 어두운 내면
위선의 가면을 벗기고
무대란 도마 위에 올려
마지막 양심까지도
마구 난도질 한다

나는 웃고 울었다
관객도 웃고 울었다
영혼을 다 태운 다음에
막장만 뇌리에 새겨놓고
서서히 막은 내려진다

세상 밖으로

꿈꾸던 파랑새가 꽃밭에다
5월의 색깔을 나란히 늘어놓고
갈망의 온기를 불러 모은다

답답하게 울 안에 갇혀 살던
깨끗이 씻은 덜 익은 상념들이
청순한 미래를 펼쳐 보인다

매무새 고운 청상이 백발 되어
마루에 맺힌 봉우리로 가던 날
나를 세상 밖으로 밀어낸다

무법자

얼굴 없는 무법자
국경도 인종차별도 가리지 않고
아주 국제적으로 놀고 있다

좌파도 우파도 아니고
그렇다고 중도는 더더욱 아니며
잡초처럼 세력만 넓이고 있다

아무리 밉다고 밀어내도
빈틈만 보이면 막무가내로 파고들어
남녀노소 구별 없이 덤벼든다

부모형제, 이웃사촌 거리 두고
친구도 사랑하는 사람도 얼굴 가리며
손이 다 닳도록 씻어야 달아난다

화려하게 꽃이 피어도 너무 잔인해
방콕, 집콕을 유행시키며
마음에다 우울증을 심어놓는다

예방은 소식이 깜깜이고
허준이가 와도 신통한 처방이 없으니
병원의사가 진땀을 훔친다

성질 고약한 네– 이놈!
육·해·공 장삿길을 하나같이 막았으니
어서 빨리 지구를 떠나거라

새치기

사랑엔 순서가 없다하더라

생각을 헤아리다 찾아온
젖은 해변의 하현달빛이
그대 창문을 두드릴 때

별 하나가 새치기 하고서
바람 든 내 이불 속으로
하얀 발을 가만히 들이민다

겨우살이

구름 덮인 높은 산 등판에다
군락을 이루는
사시사철 늘 푸른 까치집에
고슴도치 같은 울타리를 쳤네

여름 땡볕을 빌려서
애써 차려 놓은 밥상에다
뿌리만 박고
염치와 양심을 버린 채
혼자 살겠다고
빨아대더니 가시만 돋았구나

요모조모 아무리 뒤져보아도
아무짝에도 쓸모없는
도둑놈 소굴인줄 알았는데
좋은 약에 쓴다하니
보기에는 험악한 꼴이지만
내 마음에는 괜찮다 싶구나

공간에서

채반의 뽕잎을 깡그리 비운 누에
하얀 고치 집을 짓고는
요렇게도 좁고 숨이 막힐 줄
예전엔 미처 몰랐다고 뉘우친다

새우 떼거리 고래 등에 부딪쳐
다급히 구급차에 올라서
깊고도 넓은 것이 바다라던데
왜, 하필 이게 뭐냐고 소리친다

별똥별 하나가 불화살을 쏜다
출발에 도착지까지 얼마나 되는지
머리 커다란 미래 과학자
아직도 미지의 숙제로 남겨놓는다

제아무리 우주가 넓다고 한들
헤집고 들어갈 공간은
포근한 내 어머니 가슴밖엔
그 어디에도 비어있지 않았더라

달과 별

새벽달에 묻어두었던
너와 나의 순정이 허물어질까 봐
허공에 매달려 애원했지만
별은 아는 척도 아니하고
그저 눈만 껌벅거릴 뿐이더라

초롱초롱한 별빛에 뜸들인
너와 내가 쌓은 정이 없어질까 봐
못 떠난 아우성 속에서
달은 별의 애틋한 사랑을
몰라주고 그대로 그냥 가더라

속 깊은 검은 바다에 빠져
파도 따라 허우적거리는 달과 별
서로의 사랑을 저울질하면서
내게 손사래 치고
자꾸만 희미하게 꺼져 가더라

다짐

내 젊음을
네 앞에 당겨다 놓고
미친 것처럼 후려친다

오늘도 내일이며
애틋한 과거가 될 뿐
왜 그렇게 살았을까
스스로 고개를 숙인다

내일만이라도
그렇지 않게 살려고
다짐 또 다짐해본다

뫼

멀리서 가까이에서
크기도 작기도 하며
장엄하고 섬세하다

세월이 나무 키워
큰 숲을 이루니
네 이름 뫼라 하더라

먹칠하네

허름한 상념들을 주워 모아
세탁기에 넣고 돌렸다
떼 묻지 않는 시 한 수가
나올 줄 알았는데
엉뚱하게도 추악하고 얄궂은
낙서 나부랭이가 나와
고운 내 마음에 먹칠만 하네

말이다

나는 안다
그대 마음속에
꽃은 피지 아니하고
새싹만 움트고
있다는 것을

더 아름다운 사랑의
꽃으로 피어서
그때에
내게로 오겠다는
그것 말이다

아침 손님들

빠끔히 열린 문 틈새로
불러들인 적도 없고
오라고 기별한 적도 없고
보고 싶다고 한 적은
더더욱 없는데도
희망을 머금은 새벽이
내 침실로 기어든다

마침내 아침 햇살이
밤새 꾸었던 내 꿈을
비단 이불 속에
겹겹이 포개 접어
장롱 깊숙이 숨기고 나서
까치 울음에 놀란
내 얼굴을 비쳐본다

수술실

정신이 혼미해진다
대낮 태양보다 더 밝은
한줄기 핏빛 조명
초조한 초록색 복면들의
부산한 움직임의 정점에서
번쩍이는 칼날이
드디어 가까이 다가온다

알코올 냄새가 난다
가슴 깊숙이 찔린 비명
핀셋에 끌려 나오는
까맣게 탄 한줌의 아픔
순식간에 내동댕이쳐진
피멍 든 검붉은 살점
이승과 저승 경계선을
연신 오락가락 넘나든다

긴박했던 순간은 지나고
한꺼번에 뿜어낸 긴 날숨
겨우 진정된 상처에서
생명의 연장선이 그어진다

얼토당토

세월이 세월의 흐름을 모르는척하니
저녁노을을 입은 봉황이
거북이 수명을 모른다고 잡아뗀다

까마귀 떼거리가 노는 개판 뒤편으로
끼어든 수리부엉이
토끼를 잡아먹고 개구리 발톱을 흘린다

갈라선 둘을 하나로 만들려고
광장 한 가운데다 금을 그어 놓고
청군 백군이 줄다리기에 정신이 없다

영차! 영차!
이겨라! 이겨라! 우리 편 이겨라!
편이 편을 가르니 패거리가 되었구나

풍경(風景)

아슴푸레 향기가 묻어나는
햇살이 쏟아지는 양달에
아담한 둥지 하나가 있다

처마 밑엔 곶감이 열리고
누렁이호박이 선반 위에 앉아
지난 가을을 못 잊어 한다

마루에 시 한 수 걸어놓고
어머니 심장 같은 다듬이를
웬 여인 밤새 두드리고 있네

황혼에 동백꽃이 피다

차가운 파도에 밀려든 파란 사연이
거친 숨을 몰아쉬던 날
바다와 육지가 만나는 자리에서
추위를 떨쳐내고 핀 정열이
파도에 영글어 알알이 아롱거린다

작달막한 나무 팡파짐한 몸매
바람에 팔딱거리는 이파리
교차하는 푸름과 붉음이
겨우내 참았던 한기를 뿜으며
다그치는 봄의 향기를 불러들인다

절벽으로 쏟아지는 바쁜 햇살이
제자리를 잃어버리고 헤매는 사이
어느새 낯익은 석양이 찾아와
붉음에다 붉음을 덧칠하니
너도 붉고 나도 붉고 모두 붉어라

천렵(川獵)

그대가 엿보던 창문으로 떠나기 싫은 파란 바람이
아무도 모르게 날아와서 굽이굽이 흐르는 강물에
구름조각을 널어놓고 풍덩거리며 헤엄쳐 지나친다

노송의 아랫도리처럼 두터워진 내 삶의 해묵은 때
씻어내어 보드라운 속살로 노 저어 낚시 드리우니
누나의 쏘가리매운탕이 그대로 옛 맛을 낚아 올린다

넘치는 우정의 술잔이 초침을 분침으로 바꾸어놓고
노을에 아롱진 금빛 물결이 시름을 달래고 있을 때
아쉬운 내 하루도 접고 짐을 챙겨 본래로 돌아간다

윤회

마음을 비우고
낮은 곳으로 굽이쳐 흘러간다
가다가 부딪치며
더 낮은 곳으로 돌아서 간다

개울이 아우러져 여울로
여울이 아우러져 강이 되고
강물은 바다에서
짠물을 만나서 대양을 이룬다

바다에서 승화한 영혼
구름으로 뭉쳐서 비를 뿌리니
비는 물이 되고
물은 다시 바다로 되돌아간다

오리다

가을바람에 한 잎 낙엽이
허공에서 뱅글뱅글 돌다가
내 가슴에 내려앉아
어쩔 수 없었노라고 속삭인다

내년 이맘때는
오라고 부르지 아니하여도
그대라고 부를 수 있는
사랑 하나를 데리고 오리다

제6부

마음의 산책

한 시대와 시간을 초월한 우주 속의 자연과 함께한 마음의
산책길은 긴 여운을 남기고 하현달처럼 아리고 샛별처럼
반짝일 뿐이다.

닮아다오

여울에 빠진 달을 건지려고 신을 벗고 바지를 올린다
겨울이 덜 간 탓인지 깊이에 따라 시린 느낌이 다르다
허우적거려 보지만 잡히지 않는 저 달
물이 흐려 안 보이는 애처로운 모양새를 훑으며
가만가만 자리를 옮겨보니 밝게 웃는 달이 보인다
도가 가득 찬 노승이 가던 길을 멈추고 넌지시 물어온다
늙은이 무엇에 쓰려고 달을 건지려 합니까?
보름달이 되는 과정을 알아서 후손에 알리려 합니다
그걸 보고 후손이 어떻게 되기를 바랍니까?
이리로 와서 가만히 들여다보십시오
여기 물은 흐려도 저 물에 담긴 달은 웃고 있지 않습니까?
내 자식 내 손자 손자의 손자까지 더 먼 후손까지도
황금이 굴러 와도 보석이 아닌 돌처럼 되라고
꺾인 꽃이 아프다는 말 대신 향기를 베푸는 것처럼 되라고
막히면 더 낮은 곳으로 돌아갈 줄 아는 물이 되라고
길이 없어도 거침없이 지나가는 바람이 되라고
휘어져도 꺾이지 않는 수양버들이 되라고
좁쌀 서 말을 다 세고 더 셀 것을 달라 하라고
너무 싱겁고 떫지만 훗날에 이름값이라도 하라고
껍질 벗긴 양파 속 같이
칼로 자른 무 속 같이

끝없이 펼쳐지는 눈 덮인 광야처럼 오직 흰색이 되라고
아하! 어디 이 사람아!
하늘 높이나 세월의 길이를 아시나요?
태산 무게나 마음의 깊이를 아시나요?
노승은 아리송한 말만 남기고 가던 길을 재촉한다
나는 끝내 달은 건지기는커녕 가는 세월만 탓하고 있었더라

여로(旅路)

천신만고 끝에 망망대해의 한 가운데
내려앉은 한 알의 미세먼지
고향이 어디냐고 인간들이 다급히 묻자
여보게들 숨이나 좀 돌리고 말하마
원래 하늘과 바람과 모래땅이 있는
고비사막이 고향이라 에둘러 말한다
황하를 건너 상하이 공장굴뚝에서
많은 친구들을 만나 황해를 건너뛰었고
산수 좋은 한반도에서 새끼를 쳐서
대가족을 이루어 그럭저럭 잘 지냈다오
어떤 이는 인간이 쓴 마스크를 뚫고
어두운 터널에 들어가 죽기도 하였지
육시랄 웬 바람은 요란스럽게도 불어
오래 견디지 못하고 동해를 건너뛰다
비바람에 거친 파도와 싸우다
안타깝게도 동료들이 많이 죽었다오
구사일생 천운으로 살아남아 깨어보니
지진이 많은 섬나라 일본이라 하드라오
며칠 몸을 추스르고 정신을 가다듬어
폐잔 병을 모아 마지막 길을 떠났다오
파란만장의 멀고 긴 바다 여정

밤 낮없이 기약도 정처도 없이 날았다오
드디어 주인의 허락도 없이 안착한 곳은
하와이 부근의 태평양 한 가운데
여기서 그들은 의미 있는 삶의 최후를
장열하게 고래의 물살에 사라졌다

미소를 던진다

사랑이 싹트는 외로운 등대 아래로
달빛 일그러지던 그 날 밤
침묵의 시간이 요동치며 휘청거린다
부표 같은 찌가 이리저리 방황하다가
파도 깊숙이 무섭게 잠수하니
바다는 차갑고 서럽게 흐느끼며 운다
그것은 잃어버린 자유 때문일까
아니면 운명의 여운이 아쉬워서일까
그것도 저것도 아니라는 순간
홀연 돌개바람 한 판이 매섭게 덮친다
모래에 덩굴다가 찢어진 검은 상처
잠시 행글라이더를 흉내 내더니만
파도에 찌그러진 채 비닐봉지로 누우니
바다는 더 더욱 애달프고 구성지게 운다
한꺼번에 밀려온 사연 때문일까
아니면 외롭고 무서워서 그런 걸까
도무지 감이 오지 않아 속만 태운다
눈짓도 손짓도 아니 하였지만
그는 초승달에 젖은 채 내 앞에 멈춘다
심신을 정갈하게 가다듬은 나
아무도 모르게 잽싸게 그놈을 낚아채고

물기 털어 호주머니에 구겨 꽂는다
쓸쓸히 갈라서는 길목의 밤바다는
내게 연신 미소를 던지며 출렁거린다

이별

오다가다 별난 인연으로 만나
코스모스 피는 둑길을 다정하게 걷는다
얼굴을 마주한 채 미소를 지으며
달빛을 안고 강가에 다소곳이 앉는다
잠시 속삭이다 수줍게 꽃잎을 따서
서로 바꾸어 물고 두 손을 마주 잡는다
강물은 유유히 달빛을 담아낸다
둘은 하나같이 꽃잎을 뱉어 강물 띄운다
쪽배가 된 꽃잎은 앞서거니 뒤서거니
다정하게 서서히 물길을 따라 떠난다
굽이쳐 꺾기는 급류에 휘말려
그만 곤두박질치더니 눈앞에서 사라진다
둘은 그들이 다시 나타나기를 간절히
기다리느라고 그 자리를 떠나지 못한다
시간을 달리하여 두 꽃잎쪽배는
각기 서로 멀리하여 모습을 드러낸다
꽃잎 배는 찢어져 심한 상처를 입고
서로는 서로를 모르는 척 흘러만 간다
세월의 숨소리가 가까이 들려오는데도
꽃잎 배는 영영 서로 만나지 못했다
둘은 아무 말 없이 자리에서 일어나
등을 마주한 채 멀리멀리 사라져갔다

마음의 산책

다채롭고 복합적인 일상속의 지금
우주란 공간의 신비로운 자연 속에서 인간은 삶을 체험한다.
그러나 현실에서는 밤이란 시간이 있다는 것조차 일상에서 지워버리고 살아간다.
도심의 밤은 화려한 조명에 익숙해져 있고 시골의 저녁은 TV 화면에서 진지한 소설을 쓴다.
하늘에 달이 있고 별이 있다는 것을 잊어버린 지가 오래다.
심지어 마음까지도 만들어진 틀 속에서 기계처럼 작동한다.
현대인은 사랑한다는 말을 꼭 뱉어야만 사랑하는 줄 알고 오감으로 부딪쳐야만 무엇인가를 알아차리는 현실이 너무 안타깝다.
은은하고 애처롭게 흐무러지는 감수성이 자연의 섭리와 인간사에 있다는 것조차 다들 까먹은 채 그냥 산다.

수직의 벽을 어루만지는 시계바늘이 밤의 깊이를 제시한다.
순의 창가에는 불이 꺼진다.
이어서 대문열리는 소리가 난다.
순은 파랗게 엷어진 달빛을 걸치고 비좁은 골목을 빠져나온다.
무슨 좋은 일이라도 있는지 율동을 멈추지 않고 연신 콧노래를 흥얼거리며 가볍게 지나친다.
누가 숨어서 발자국을 세는 줄도 모르는 체 앙칼진 고양이처럼 예쁘게 골목길을 빠져나간다.

가로등 불빛이 달빛에 희석되어 희미한 그림자가 중첩된다.
솔숲이 보이고 바다 냄새가 서서히 다가온다.

순은 솔숲을 지나 백사장에서 요염하게 검푸른 바다를 더듬는다.
가지런히 신발을 벗어놓고 파도 속을 파고드는 순간
한사나이가 별동별처럼 순 앞에 어스러지듯 내리꽂힌다.
놀란 순의 뇌리 속에는 사랑의 음각이 깊게 새겨져 발길을 와
락 멈추었다가 바짝 끌어들인다.
순은 사나이와 바다 가를 찰박찰박 밟으며 너무나 당연한 것처
럼 황홀 속을 감미롭게 헤맨다.
지금의 순은 마치 순진과 아름다움을 먹고사는 선녀로 연상
된다.
마침내 둘은 사랑의 서막으로 팔짱을 끼고 모래톱을 지워간다.

달이 갑자기 구름 속으로 숨는다.
누가 닦지 않았다고 핀잔이라도 주었는지 바다에서도 똑같은
달이 파도에 일그러지며 구름 속을 헤맨다.
바다 모래사장 솔숲의 밝음이 천천히 시들어져 종말로 가는 지
구처럼 미지의 여백을 남긴다.
굵직한 사내를 끌어안은 순의 팔은 점점 부드럽게 힘이 들어
간다.
그들은 생명의 원천에서 변색되어 가는 밤바다를 허우적거리
며 멀리멀리 사라져간다.

가물가물 무인도에서는 주인 잃은 색소폰이 어렴풋이 저미어
온다.

순의 가슴은 더욱 강열하게 부풀어 울렁거리다가 어지러웠는지 모래 위에 철석 내려앉아 가쁜 숨을 몰아쉬며 풋정을 마구 쏟아 붓는다.

꿈도 생시도 아닌 야릇한 적막을 콕 찔러니 빨간 핏물이 톡 터진다. 여기까지 오도록 무엇이 그들을 갈라놓았는지 달에게 묻고 싶다.

달은 대답대신 더 깊은 바다로 빨려 들어가 희미해진다.

갈매기는 바다인지 육지인지 구별도 못하고 아름다운 그들의 영상을 찍느라 정신없이 위아래를 훑어 내린다.

순은 산으로 자리를 옮긴다.

보일 듯 말 듯 희미한 달빛을 갈아입고 푸르다 못해 그늘진 숲 속 오솔길을 묵묵히 걷는다.

순은 사나이가 옆에 있다는 것조차 잊어버리고 더 깊은 산 속으로 자꾸만 자꾸만 끌려들어간다.

여인의 흐느낌에 풀벌레울음이 뒤엉켜 긴 댕기머리가 되어 하얀 목덜미를 쓸어내린다.

그 소리는 한꺼번에 다 들리는 것이 아니고 끊어졌다 다시 살아나기를 반복하여 듣는 이의 애간장을 뒤틀어놓는다.

이것이 인연일까 연민의 정일까 아니면 매몰찬 반감일까 사내의 뇌리가 팽이처럼 뱅글뱅글 돌아간다.

평소 즐겨듣던 음악처럼 감흥을 뒤로 밀쳐놓고 그들은 뒤엉킨 감정을 간신히 추스른다.

순은 고요하고 스산한 깊은 밤 산사에서 일상의 번뇌를 내려놓고 법당 앞에서 스스럼없이 합장한다.

희미한 삼라만상의 경지가 모두 뚜렷하지 않다.
석탑의 달그림자가 설익은 삶의 갈피를 잃은 채 어슬렁거린다.
청아한 물소리가 처절한 풍경에 어울려 사내의 무딘 고막을 매섭게 두드려 깨운다.
빨간 립스틱에 속살이 비치는 화려한 여인의 허상이 가까이 다가온다. 사나이는 전율을 거머쥔 채 파르르 떨고 있다.
달그림자기 비스듬히 누운 외나무다리
사랑을 유혹하는 가냘프고 구성진 피리의 음률이 마지막 고비를 맞아 바람에 휘감겨 봄눈처럼 녹아내린다.
보일 듯 말 듯 운치 있는 공간에서 그들의 순수한 영혼을 담아내는 소리 없는 외침이 침묵이란 무게를 저울질하고 있다.

정점을 찍었던 밤이 새벽을 향하여 서서히 기운다.
그때서야 비로소 그들은 달콤한 꿈에서 깨어나 왔던 길을 되돌아 자박자박 발자국 4개씩을 남기며 마을로 내려온다.
달빛에 젖은 새벽3시의 잠든 마을모습은 금방 유령이 나타나 유혹할 것 같이 오싹함마저 든다.
아쉬운 밤과 안타까운 시선이 하나로 뒤엉켜 사리분별이 어지럽다.
그들은 무슨 사연이 아직 남아있는지 쉽게 갈라서지 못하고 뱀등 같은 마을 앞 제방 둑길을 배회한다.

농염하게 익은 순은 사내에게 상반신을 맡기 채 턱밑에서 낭창낭창하게 아양을 떤다.
사내는 듣기 싫지는 않은지 연신 고개를 끄덕인다.
순의 눈빛은 더욱 초롱초롱하게 사랑의 방울을 굴린다.

더디어 좀 낡은 긴 나무의자가 나온다.

그들은 약속이나 한 것처럼 전깃줄 참새처럼 나란히 앉는다.

서로를 바짝 붙인 채 그들만의 시간이 얼마 남지 않았다는 것을 인식이라도 하였는지 잠시 손을 잡아본다.

서로 마주보는 눈빛은 이슬 머금은 샛별처럼 유난히도 반짝거리며 그 무엇인가를 갈망하고 있다.

새벽을 알리는 닭의 울음소리가 긴 여운을 남기면 여기저기서 들린다.

간이역의 첫차 울음도 손님의 선잠을 먹어치운다.

먼동 색깔의 검은 선이 점점 선명하게 보이고 달빛은 점점 힘을 잃고 은하수의 깊이는 얕아진다.

그들은 의자에서 일어나 나란히 발길을 옮긴다.

마을 어귀에서 이 밤이 지나면 모든 것이 다 지워지는 것처럼 시선을 멀리 두고 손을 흔들며 등을 돌린다.

만약 그들만의 이 달밤이 지금이 아니고 시계바늘을 반세기쯤 돌려놓았다면 어떨까 싶기도 하다.

누가 되든지 오늘이고 내일이고 언제든지 좋다.

달 밝은 밤에 바다로 산으로 들로 나가서 자신의 과거를 되돌려 첫사랑을 회상한다면 새록새록 예스런 운치가 되살아날 것이다.

한 시대와 시간을 초월한 우주 속의 자연과 함께한 마음의 산책길은 긴 여운을 남기고 하현달처럼 아리고 샛별처럼 반짝일 뿐이다.

머물다 떠난 자리

유임종 지음

발 행 처 · 도서출판 청어
발 행 인 · 이영철
영   업 · 이동호
홍   보 · 천성래
기   획 · 남기환
편   집 · 방세화
디 자 인 · 이수빈 | 김영은
제작이사 · 공병한
인   쇄 · 두리터

등   록 · 1999년 5월 3일
(제321-3210000251001999000063호)

1판 1쇄 발행 · 2020년 10월 30일

주   소 · 서울특별시 서초구 남부순환로 364길 8-15 동일빌딩 2층
대표전화 · 02-586-0477
팩시밀리 · 0303-0942-0478

홈페이지 · www.chungeobook.com
E-mail · ppi20@hanmail.net
I S B N · 979-11-5860-894-1(03810)

본 시집의 구성 및 맞춤법, 띄어쓰기는 작가의 의도에 따랐습니다.

이 도서의 국립중앙도서관 출판시도서목록(CIP)은 서지정보유통지원시스템 홈페
이지(http://seoji.nl.go.kr)와 국가자료공동목록시스템(http://www.nl.go.kr/
kolisnet)에서 이용하실 수 있습니다.(CIP제어번호: CIP2020041332)

이 도서는 강릉문화재단에서 지원을 받아 발간하게 되었습니다.